2ª EDIZIONE

ISBN 978-88-6852-856-0

Art director *Mara Scanavino*
Depositphotos.com elaborazione di pastina*design*
Giorgio Faletti fotografato da *Paola Malfatto*

www.giorgiofaletti.it
www.baldinicastoldi.it
info@baldinicastoldi.it

BaldiniCastoldi
BaldiniCastoldi
baldinicastoldi
baldinicastoldi

ROMANZI E RACCONTI

Giorgio Faletti
La piuma

TAVOLE ILLUSTRATE DA

Paolo Fresu

BALDINI&CASTOLDI

«Anche il peso lieve di una piuma scende
se c'è un soffio d'aria che se la riprende
per follia di vento può salire su ma poi torna giù.»

Giorgio Faletti e Angelo Branduardi
La regola del filo a piombo

L'aria si fa leggera
ed arriva volando una piuma
ma bianca da dire che c'era e non c'era
da sembrare una falce di luna.

L'aria si fa leggera
quando ancor più leggera è la piuma
e mentre nel cielo non sembra sia vera
rende vera ogni cosa e nessuna.

Giorgio Faletti

Nella sua testa c'era un mondo che ruotava attorno alle sue passioni, le sue malinconie, i suoi sogni.
Non era possibile scindere un progetto artistico dall'altro, perché si compenetravano tutti, immersi in un universo popolato di personaggi, storie, melodie, strofe...
Poi magicamente, perché il genio creativo è accostabile solo alla magia, ogni cosa trovava la sua giusta collocazione, la sua strada, e diventava un racconto, un romanzo, una musica, una canzone.
C'erano giorni in cui il ticchettio sulla ta-

stiera di un computer, dove si inseguivano lettere a costruire parole, si alternava al rumore più attutito di dita sui tasti di un pianoforte, dove si inseguivano note, prima incerte poi sempre più chiare, a costruire melodie.

La piuma ha preso forma a poco a poco, un mondo rarefatto e delicato in cui personaggi con ambizioni molto terrene si incrociano con personaggi per i quali invece la condizione umana è una prigione e i sogni o le aspirazioni forse volano troppo in alto. Un microcosmo umano rappresentato in chiave allegorica da figure che trovano ulteriore forza e carattere attraverso i colori e le forme delle evocative illustrazioni di Paolo, amico di sempre, che ha condiviso con Giorgio sogni e timori.

Il cassetto, nel quale era in attesa di essere lasciata libera di inseguire il vento, è stato socchiuso e la piuma ha iniziato il suo viaggio che comincia ma non termina qui.
Se leggerete questa fiaba in una giornata tersa, quando l'azzurro intenso del cielo vi obbligherà a ripararvi gli occhi con la mano, e non avrete timore di rincorrere una piuma, il volo vi stupirà.

Roberta Bellesini Faletti

La piuma

La piuma arrivò risalendo il vento.

Nessuno si accorse di questo strano fenomeno, forse nemmeno il vento stesso, che per natura ha canne da piegare e foglie da girare sulle dita e stagni da stupire con gocce di pioggia che lasciano cerchi improvvisi e bolle sulla superficie immota dell'acqua. Tracciando il suo invisibile sanscrito nel cielo, la piuma sorvolò un villaggio popolato di uomini, che come tali prestavano attenzione solo a ciò che avveniva in terra, davanti ai loro occhi. Un fabbro batteva il ferro rovente di una lama chiedendosi se

sarebbe stata una buona spada, un contadino seminava il suo campo chiedendosi se sarebbe stato un buon raccolto, le donne stavano al fiume a lavare i panni chiedendosi se sarebbero diventati bianchi e immacolati. Solo i bambini correvano senza nulla chiedersi, giocando e schiamazzando per le anguste vie del villaggio, fra le case di fango e paglia, inseguiti da cani festanti che, pur senza capire, si univano al gioco. Alcuni cavalli erano impastoiati davanti alla locanda dove cavalieri senza macchia e senza paura sostavano per stordirsi di vino, procurandosi macchie sulle vesti mentre cercavano di dimenticare la loro paura. Nessuno riuscì a vedere la piuma perché nessuno aveva tempo a sufficienza per alzare gli occhi al cielo e riuscire anche solo a guardarla.

Eppure, era una soffice piuma candida, che per le sue dimensioni doveva per forza appartenere a un uccello dalle grandi, enormi ali. Forse era la penna remigante di un'aquila albina o forse addirittura una delle penne timoniere di una mitica fenice o forse non esisteva da nessuna parte un uccello a cui potesse appartenere ed era semplicemente frutto di un'illusione. Tuttavia, di colpo il vento la riconobbe e la prese con delicatezza fra le sue dita. Finalmente spinta da un soffio d'aria consapevole, la piuma abbandonò il villaggio degli uomini e salì a sorvolare la foresta e a tingersi del riflesso degli alberi e a gareggiare con le nuvole nel loro vagabondare, bianca come solo per le nuvole è possibile.

Il Re e il Generale

Spinta da quel vento saggio, la piuma si posò sul davanzale in marmo del balcone più grande di un palazzo tanto maestoso che le sue torri in pietra parevano in grado di toccare il cielo. Il soffio d'aria si fece leggero come un bisbiglio e la spinse all'interno della stanza. La piuma entrò in volute flessuose e prese il riflesso del fuoco che ardeva nel camino. Era bianca come la neve, al punto che di neve stessa pareva essere fatta, quando il sole la colpisce e l'alone di luce è così forte che persino i lupi sono costretti a stringere le palpebre per non rimanere accecati.

Perugino

La stanza era enorme, con altissimi soffitti finemente decorati, arredata con ori e broccati e quadri di maestri immortali alle pareti. Anche la fiamma delle torce che la illuminavano pareva più luminosa e brillante di qualsiasi altra, perché quella era la stanza del Re. E fra quelle mura che dicevano di ricchezza e sete e pietre preziose, chini su una grande carta geografica posata su un lungo tavolo di legno pregiato, stavano due uomini. Uno era il Re, sontuosamente vestito, con occhi che sprizzavano scintille al di sopra della barba austera, così imponente nella sua fierezza che pareva essere il padrone dell'universo e invece era solo il Re di Mezzo Mondo. E proprio per questo da anni stava combattendo una guerra con il Re dell'altra metà per decidere chi dovesse diventare il Re del Mondo Intero. Il secondo uomo presente nella stanza era il Generale. Con deferenza, il soldato stava esponendo al suo sovrano l'andamento delle ostilità, muovendo con le dita dei soldatini di piombo appoggiati sulla mappa.

«Ecco, vedete, Sire, le truppe del nemico si stanno avvicinando alla linea del fiume, qui e qui.»

Il Generale spostò una serie di soldatini rossi, che simboleggiavano le truppe avversarie, e le dispose lungo la traccia del vasto fiume che segnava a nord i confini del regno.

«Noi potremmo disporre parte delle nostre truppe in questo modo...»

Il Generale dispose dei soldatini neri, che rappresentavano le loro truppe, a contrastare l'avanzata dei rossi.

«Per ingaggiare battaglia con il nemico.»

Il Re sollevò un sopracciglio, perplesso. «Ma così i nostri soldati verrebbero sbaragliati.»

«Certamente, Sire. Ma l'esultanza per la battaglia vinta porterebbe quelle orde barbare ad addentrarsi nel nostro regno per inseguire le truppe in fuga.»

Proprio in quel momento la piuma scese dal soffitto dove fino ad allora era rimasta sospesa, quasi ad attendere il seguito di quel consiglio di guerra. Si posò leggera sulla spalla del Generale, sulla divisa immacolata dove del suo sangue non c'era traccia e del sangue dei soldati che aveva condotto a morire in guerra nemmeno, perché non si era mai avvicinato al campo di battaglia tanto da sporcarsi. La spada che portava alla cintura era solo un ornamento, così come le medaglie che luccicavano sul suo petto. La sua unica arma era sempre stata un semplice cannocchiale, col quale poteva vedere da lontano le sorti di un combattimento che per lui significava la sconfitta o la vittoria ma per i suoi soldati la luce del giorno dopo o una croce di legno nella nuda terra. Lì, in quella stanza, alla fiamma incerta e danzante delle torce, non sapeva o non voleva sapere che quella divisa non gli apparteneva più di quanto non potesse appartenergli la vita di tutti quegli uomini a cui aveva chiesto un viaggio verso la gloria senza dargli in cambio un ritorno verso casa.

Con un gesto infastidito, il Generale rimosse la piuma e la spinse a posarsi curiosa sul bordo del tavolo, mentre con esultanza spostava sulla carta dei soldatini neri alle spalle di quelli rossi.

«In questo modo noi taglieremo con il grosso delle nostre truppe la loro ritirata, li stringeremo in una morsa e li distruggeremo.»

Il Re alzò la mano ad accarezzarsi la barba, pensieroso.

«Ci saranno perdite altissime.»

Il Generale rispose al Re di Mezzo Mondo con voce indifferente, come se parlasse dei soldatini di piombo che aveva sulla carta e non di uomini in carne e ossa.

«Sono semplici soldati. La loro perdita non è nulla in confronto di quello che avremo in cambio.»

«Avremo la vittoria!» concluse al posto suo il Re.

Per la cupidigia gli scintillarono gli occhi più delle braci che ancora ardevano nella cenere del camino, più delle gemme che brillavano sulla sua corona, più delle lacrime di mille spose.

«Avremo la vittoria.»

Il Generale confermò con un cenno del capo e il fiato sospeso e con la stessa luce avida nello sguardo quello che aveva appena detto. Quando avrebbero conquistato il Mondo Intero, il Re lo avrebbe posseduto ma il Generale lo avrebbe comandato.

Tornarono a spostare sulla carta il loro sguardo e la loro attenzione. L'aria calda che proveniva dal camino spinse con delicatezza la piuma e la fece scivolare in mezzo al tavolo, dove spiccava bianca sulla carta geografica, fra quei soldatini di piombo rossi e neri.

Il Re, con quella piuma, avrebbe potuto firmare la pace, ma era troppo occupato con la sua guerra per accorgersene. Con un gesto distratto della mano mosse l'aria e la fece volare via. Così, la piuma abbandonò la stanza dove stavano il Re di Mezzo Mondo e il suo Generale e la loro stupida guerra, uscì dalla finestra e ritornò a essere un punto bianco contro il cielo azzurro, in balia di quel vento senza patria che l'attendeva fuori.

Il Curato e il Cardinale

Il Curato bussò con un tocco leggero alla rigorosa porta di legno e attese che dall'interno arrivasse il riscontro che lo autorizzava a entrare. Solo allora si azzardò ad aprire il battente e infilare timidamente la testa nella stanza del Cardinale.

Sua Eminenza, inginocchiato davanti a un altare d'oro e d'argento che si era fatto costruire appositamente nella sua enorme camera da letto per essere più vicino a Dio, lo invitò a entrare con un gesto vago della mano e tornò nel silenzio alle devozioni del mattino. Il Curato rimase in piedi con at-

teggiamento deferente, tenen
distanza dall'alto prelato per n
santità di quella sua conversaz
giata con l'Altissimo.

Finalmente il Cardinale si fece il segno della croce e rientrò nel mondo terreno. Si rialzò dall'inginocchiatoio nel fruscio di seta della veste la cui sontuosità sottolineava e magnificava il suo rango. Era un uomo alto e sottile, con lunghi capelli grigi che scendevano a incorniciare un volto dai tratti ascetici, accentuati da un pizzo corto e ben curato. Le sopracciglia arcuate conferivano perennemente al suo volto una interrogativa nobiltà.

Tese verso il Curato la mano dove spiccava l'anello simbolo della sua santità e del suo potere e il religioso si affrettò a inginocchiarsi a baciarlo in segno di devozione. Il Cardinale lo invitò a rialzarsi, mettendogli una mano amichevole sulla spalla e compiacendosi contemporaneamente con se stesso per la propria umiltà verso quel povero e oscuro Curato.

«Vi vedo con piacere, mio buon Curato. Che notizie portate?»

«Magnifiche notizie, Eminenza. Quest'anno il raccolto del grano sarà ottimo per qualità e abbondanza.» Il Cardinale approvò con un cenno compiaciuto del capo.

«Sia reso grazie a Dio che ha esaudito le nostre preghiere. Per cui i contadini dovranno essere riconoscenti e devotamente contribuire con le decime del loro raccolto al buon andamento della Chiesa.»

Il Curato chinò il capo in segno di completa accettazione delle parole del suo superiore.

«Certamente, Eminenza. Ho già predisposto ogni cosa per la raccolta del dovuto e...» Il Curato ebbe un attimo di esitazione.

«E...?»

Il Cardinale lo incalzò benevolo.

Il Curato in un sol gesto parve inghiottire saliva e reverenziale timore.

«E, naturalmente, dovranno offrire alla Chiesa quanto si conviene per poter macinare il grano al mulino del convento.»

«E dunque?» chiese ancora il Cardinale e la sua voce pareva soffusa di una dolcezza infinita.

«E dunque avranno cura certa di versare il pedaggio per l'attraversamento del ponte che permette l'accesso al mulino.»

Il Curato concluse la sua relazione e piegò leggermente la testa, sentendosi avvampare in viso.

Sua Eminenza con un cenno della mano concesse il suo compiacimento per la corretta osservanza delle sue disposizioni, poiché il Cardinale era troppo umile e devoto per chiamarle ordini.

Il Curato allora prese il coraggio a due mani e si concesse una sommessa osservazione.

«Vorrei ossequiosamente far considerare a Vostra Eminenza che così ai contadini non resterà quasi nulla da mangiare.»

Il Cardinale abbassò composto gli occhi e fece con la stessa mano un gesto vago che poteva sembrare una benedizione mentre rispondeva con voce ispirata: «Una consapevole mortificazione della carne attraverso il digiuno è una strada che allontana l'uomo dalla bestia che è in lui e lo avvicina maggiormente a Dio».

Quel gesto di devozione appena accennato si trasformò senza interrompersi in un cenno di congedo. Il Curato si inginocchiò a baciare l'anello posto come segno di potere e di santità sulla mano del Cardinale. Sempre mantenendo un atteggiamento di riverenza indietreggiò fino alla porta e uscì chiudendo senza rumore il battente alle sue spalle.

Il Cardinale tornò davanti all'altare di devozione tutto d'oro e d'argento che si era fatto costruire appositamente nella sua stanza per essere più vicino a Dio e tornò a mormorare la sua fervida preghiera, certo che la sua fede sarebbe presto stata premiata e che prima o poi Dio stesso gli avrebbe parlato. Non si accorse della piuma bianca posata come un'offerta sull'inginocchiatoio perché era così occupato a invocare una risposta dell'Onnipotente da non riuscire nemmeno lontanamente a immaginare che forse quella risposta era già arrivata. D'altronde, le sue preghiere come avrebbero potuto avere la forza di salire fino al cielo se non riuscivano nemmeno a sollevare dal suo appoggio di raso rosso una piuma così leggera? Mentre tornava a inginocchiarsi, il movimento della sua ricca veste provocò un piccolo refolo d'aria che spinse la piuma a sollevarsi e a riprendere il suo gioco danzante con quel vento che la sollevò con cautela. Il suo gioco turbinante fu di nuovo spazio e sostegno per aiutarla a uscire dalla finestra e farla salire verso l'alto, al posto di una sterile preghiera senza fede.

La Ballerina innamorata

Da un palazzo con una lunga scalinata di marmo proveniva una vaga musica d'orchestra, con quel sentore di leggero caos armonico che provocano gli archi quando si accordano tutti insieme. Come incuriosita da quella promessa di melodia, la piuma si sottrasse alla complicità di quella nuova brezza e scese verso l'edificio che gli uomini saggi che ne sapevano di arte e di musica chiamavano Il Teatro. Silenziosa come solo le magie possono essere, la piuma scivolò dentro una finestrella da cui proveniva un soffice chiarore, sicura come se non potesse esserci altra

strada da seguire che quella. Entrò volteggiando in una piccola stanza illuminata da alcune candele che spandevano un profumo di frutta e miele. Qui, seduta su una poltroncina davanti a uno specchio, immersa nella luce soffusa della cera che si scioglieva, stava la Ballerina. Era una bellissima e giovane donna, famosa in tutto il mondo per la sua grazia e l'armonia quasi sovrannaturale dei movimenti. La gente accorreva da tutte le parti pur di godere anche per pochi istanti del suo enorme talento. Nella sua danza la Ballerina aveva il potere di rendere visibili i sogni, al punto tale che tutti si illudevano, per quei pochi istanti, che si potessero avverare.

Re e Sovrani e uomini dalle ricchezze sconfinate avevano posto ai suoi piedi tutte le meraviglie della Terra pur di conquistarne l'amore, ma il suo cuore pareva chiuso a ogni lusinga e indifferente a ogni promessa. Il suo viso dolce e i suoi grandi occhi verdi non avevano mai mostrato per nessuno qualcosa che potesse accendere un'illusione o una speranza. Quegli uomini le avrebbero offerto tutto quello che voleva e lei nulla voleva da quegli uomini.

Ma ora, esattamente in quel posto e in quell'istante, la Ballerina stava guardando con occhi sognanti una busta in pergamena chiusa da un sigillo di ceralacca rossa che stava appoggiata sul ripiano di legno davanti a lei.

La prese con un gesto delicato e tenne per un istante la lettera premuta contro il seno, quasi volesse trasmettere a quella missiva il battito forsennato del suo cuore. Subito dopo ruppe ansiosa il sigillo con mano tremante perché quella era una lettera del suo Amore Segreto.

Estrasse il foglio che la busta conteneva e iniziò a leggere le parole che qualcuno aveva tracciato per la musica del suo cuore, senza accorgersi della piuma che, sostenuta dall'aria tiepida provocata dalla fiamma delle candele, ondeggiava curiosa e furtiva su di lei quasi volesse leggere oltre le sue spalle il contenuto di quel messaggio.

Di colpo gli occhi della Ballerina si riempirono di lacrime e un senso di gelo si sparse in tutto il suo essere, come ghiaccio sullo stagno d'inverno. Il suo Amore Segreto, l'uomo che solo fra tutti era riuscito a penetrare la barriera che lei aveva eretto fra sé e il mondo, con poche, concise parole, le aveva appena comunicato che non l'amava più. Nella sua disperazione vide, nel filtro trasparente del pianto, le parole sul foglio ondeggiare in una danza che pareva sospesa all'ultimo disperato battito del suo cuore spezzato.

Ma non ebbe tempo per sfogare la sua disperazione perché il direttore di scena del Teatro, dopo essersi annunciato con un leggero tocco sulla porta di legno, entrò nella stanza.

«Signorina, il Maestro l'attende per la prova.»

La Ballerina si asciugò furtivamente gli occhi e appoggiò a malincuore la missiva ancora macchiata delle sue povere lacrime sul tavolo. Seguì l'uomo per le anguste scale fino all'ampia sala dove l'attendeva l'orchestra, perché lo spettacolo, come tutti i riti, va celebrato nonostante tutto.

Attirata dalla corrente della porta che si apriva, la piuma la seguì non vista dall'alto e, volteggiando leggera, raggiunse insieme a lei il vasto palcoscenico del Teatro. Cento Professori d'Orchestra erano in rispettosa attesa della sua presenza, ognuno in compagnia di quel piccolo miracolo rappresentato da uno strumento musicale.

La Ballerina fece un lieve inchino di saluto, si portò al centro della scena e chiuse per un istante gli occhi, per ritrovare dentro di sé il senso della sua arte e la concentrazione necessaria per esprimerla come solo lei sapeva fare.

La sua voce fu un soffio e una parola.

«Pronta.»

Ci fu un attimo di silenzio innaturale e poi, a un cenno del Maestro, il prodigio si rinnovò e la musica scaturì intatta dal luogo dove aveva riposato fino a quel momento. La Ballerina la sentì dentro come mille altre volte e come mille altre volte il suo corpo si mosse per descriverla con i gesti a chi non la poteva sentire e a chi non la poteva capire. Per un po' danzarono insieme, la donna e la piuma, seguendo la stessa musica, appese alla lusinga dello stesso sogno.

La donna ballava con gli occhi chiusi, come estraniata, indifferente a qualunque presenza. Era così occupata a seguire la musica con il corpo e a seguire con la mente il suo amore perduto, da chiudere completamente la porta alla speranza di un amore nuovo. Persa nel labirinto delle sue palpebre abbassate non riusciva a vedere nulla e quindi non riuscì a vedere nemmeno la piuma. Così, quella figlia del cielo e dell'aria proseguì per la sua strada da sola, perché la Ballerina, nonostante tutto il suo talento e il suo desiderio d'amore, non fu abbastanza coraggiosa per anelare con lei.

La Donna di Tutti

La fantesca entrò con aria trafelata nell'alcova e si rivolse alla donna che, davanti allo specchio, stava finendo di spargere il belletto sul suo viso sensuale. La sua voce era piena di eccitazione a stento trattenuta.

«È arrivato, padrona!»

La donna allo specchio sorrise alla sua immagine riflessa e diede al trucco un ultimo sapiente tocco. Si girò verso la domestica e il suo sospiro sollevò la linea morbida del seno, sostenuto e valorizzato dal bustino aderente del vestito di velluto cremisi che indossava. Il suo sorriso si allargò e divenne complice

dell'atmosfera voluttuosa di quella stanza, dominata da un letto a baldacchino la cui impertinenza era mitigata dalle cortine di tessuto trasparente, che scendevano dall'alto a formare un elegante drappeggio che solo il pavimento riusciva ad arrestare. A un primo sguardo, sembrava che quella stoffa cadesse dal cielo copiosa come pioggia a formare al suolo una pozza non d'acqua ma di soffice e serico tessuto.

«Bene, se è qui, non facciamolo aspettare. Conducilo da me.»

La fantesca sparì e mentre aspettava il suo ospite quell'incantevole creatura andò a sedersi su uno scranno di fronte alla porta, mettendosi in modo che la luce che arrivava di taglio dalla finestra aperta valorizzasse il suo volto diafano e la sua figura sensuale.

Lei sapeva bene come accendere la fiamma della passione, conosceva le arti subdole per ammaliare e stordire l'uomo, come conosceva tutti i segreti per non cadere vittima delle sue stesse trappole. Così, chiunque avesse il desiderio e il denaro necessario poteva averla: lei era la Donna di Tutti ma proprio per questo non apparteneva a nessuno.

Quando sentì i passi che si avvicinavano accese sul viso il suo sorriso più smagliante e vi dipinse gli strumenti della sua arte di seduzione.

La fantesca introdusse nella stanza un Cavaliere alto ed elegantemente vestito e, secondo l'abitudine che ne faceva una collaboratrice preziosa, si dileguò silenziosa come un'ombra. L'uomo, non appena vide la donna seduta nella sua morbida postura, sentì il fiato venirgli meno. Si avvicinò e si inginocchiò davanti a lei, posando con ardore le labbra sulla mano dalla pelle candida che gli veniva tesa.

«Oh signora, siete bellissima, come sempre. È stato un lungo viaggio ma ne valeva la pena, per il piacere di rivedere il vostro viso e di essere ricevuto nella vostra casa.»

La Donna di Tutti invitò il Cavaliere a rialzarsi mentre lei stessa, con un solo movimento aggraziato, si sollevava dal suo seggio.

«Mio buon Cavaliere, sono io a essere onorata della vostra visita nella mia modesta dimora. Ma cielo, che sventata sono...»

«Che dite mai, mia signora?»

«Voi avete fatto un viaggio così lungo solo per il piacere di vedermi e io vi lascio così, in piedi in mezzo alla stanza. Certamente sarete stanco.»

Mentre pronunciava queste parole con voce roca per un'emozione che non provava, col suo passo flessuoso era arrivata di fianco al grande letto. Con la mano che ancora portava l'impronta del bacio del Cavaliere, divise le morbide cortine e mostrò al suo ospite il talamo dalle lenzuola ricamate. Lo guardò con una luce negli occhi che non risplendeva in egual misura dentro di lei.

«Penso che proviate il desiderio di riposare un poco...»

Il viso dell'uomo si accese di desiderio mentre sentiva il sangue bruciargli nelle vene. In un istante la Donna di Tutti fu tra le sue braccia. Ma lei si schermì e si ritrasse abilmente, bloccando quel focoso assalto con un gesto della mano e con la sua risata argentina.

«Ma quale ardore, mio bel Cavaliere.»

Lo guardò fra le ciglia socchiuse a cui erano sospese mille promesse e lo sfiorò con il corpo per dimostrargli quanto potesse essere inebriante per un uomo vederle mantenute.

«Sapete bene che prima di ottenere il giusto ristoro alla vostra fatica, dovete dimostrare a questa vostra umile ancella la misura del vostro amore.»

Il viso dell'uomo si illuminò di colpo.

«Ma certo, mia signora. Che stupido sono.»

Infilò una mano nella ricca giubba che indossava e ne estrasse una borsa in pelle chiusa alla sommità da un laccio. La lasciò cadere sul tavolino finemente intarsiato che stava di fianco al letto. La Donna di Tutti era abbastanza esperta per comprendere, dal suono tintinnante che la borsa fece cadendo sul ripiano di marmo, che l'amore del Cavaliere era abbastanza ricco da poter essere corrisposto, almeno per qualche ora.

«Oh, ma voi mi lusingate, mio generoso signore.»

«Nulla è troppo per voi.»

La voce dell'uomo si smarrì in un soffio, mentre già si sentiva sprofondare nelle spire del profumo inebriante di quella femmina che ora morbidamente appoggiava il corpo contro il suo. Le circondò le spalle con le braccia ma ancora una volta la sua amante si ritrasse con un sorriso.

«Abbiate ancora un po' di pazienza, mio affascinante Cavaliere. Per un miglior riposo è meglio attenuare la luce eccessiva di questa stanza.»

La Donna di Tutti gli girò le spalle e si diresse ondeggiando come un giunco accarezzato dal vento verso la finestra. Dalla sua posizione l'uomo non poteva vedere l'espressione di trionfo e commiserazione sul suo volto; e d'altronde come avrebbe potuto quando la passione e l'arte di una donna rendono ciechi e sordi e muti?

L'affascinante creatura scostò le tende della finestra e si avvicinò al davanzale. Lasciò correre il suo sguardo all'esterno, verso quel mondo che da sempre le sembrava così facile da tenere in pugno. Non si avvide della morbida e bianca piuma appoggiata sulla pietra e, mentre protendeva il corpo per chiudere gli scuri, il movimento la fece cadere e scivolare verso il basso, disegnando una soffice spirale.

La Donna di Tutti chiuse la finestra su un mondo che non le sarebbe mai appartenuto e rientrò nel mondo a cui nessuno tranne lei apparteneva.

La piuma, come tutte le cose che non possono cadere, ritrovò l'amore di un vento devoto e gli si affidò con un abbandono che non necessitava di ricompense.

L'Uomo del Foglio Bianco

In una enorme stanza illuminata dall'alto da grandi vetrate, l'Uomo del Foglio Bianco stava seduto a un rozzo tavolo di legno, con il mento appoggiato a una mano, il capo reclinato da una parte, gli occhi persi in quella malinconia che solo chi sa di non sapere può provare. Sul piano, davanti a lui, c'era un foglio bianco. L'uomo vedeva disegnato nella mente un futuro in cui, con il semplice gesto di srotolare una pergamena, persone non ancora nate avrebbero potuto sapere con facilità cose che lui avrebbe dato la vita per scoprire. E l'invidia per quel-

le persone ignote era così forte che a volte diventava un peso insostenibile il disprezzo che provava per sé e per la sua limitata conoscenza, per sé e la sua piccola statura di uomo sotto le volte infinite dell'universo. C'erano giorni in cui si sentiva così inerme per le risposte che non poteva avere fino al punto di non riuscire nemmeno a formulare le domande. C'erano giorni…

Con un sospiro si alzò e lasciò vagare gli occhi in quel laboratorio che era anche la sua casa. Sparsi alla rinfusa in quell'unico vasto ambiente dalle volte in mattoni d'argilla, c'erano strumenti scientifici, strane macchine, disegni abbozzati di figure umane e curiosi congegni, colori e mappe, cavalletti e strutture di supporto per tele che altro non erano se non quadri in divenire.

L'Uomo del Foglio Bianco si diresse verso un paiolo appeso sul fuoco del camino dove un liquido bruno ribolliva e fumava, spandendo un denso aroma di spezie. Prese un mestolo dalla mensola sopra il camino, lo intinse nella mistura e ne saggiò la consistenza e il colore. Subito dopo, ripose l'attrezzo e mosse verso il fondo del suo piccolo regno e rimase un attimo assorto davanti a una mappa che rappresentava gli astri di una costellazione incastonata nel cielo.

Alle sue spalle, la piuma entrò con il suo passo aereo e, come se cercasse una compagnia nella similitudine del colore, si posò con delicatezza sul foglio immacolato. Anche se non fece rumore alcuno, l'Uomo del Foglio Bianco sentì, chissà come, il fruscio quasi muto della piuma contro la carta. Si girò e la vide e, curioso di ogni cosa del mondo com'era e come avrebbe potuto essere, si avvicinò lentamente al tavolo su cui stava appoggiata. Eccola lì, candida sul candore della sua ignoranza, soffice e leggera come un'idea, perfetta come solo la casualità può essere.

La sollevò con cautela dal foglio, quasi stupito che ne mantenesse il candore. Rimase perplesso a osservarla, ammirato per la sua eterea consistenza e per la sua misteriosa, immacolata uniformità. La piuma evocava grandi spazi aperti, la terra vista dall'alto del cielo, così in alto che solo l'occhio del falco può essere tanto acuto da distinguere la preda muoversi sul terreno. Vide grandi fiumi azzurri luccicanti sotto il sole e foreste sterminate e la promessa di infinito del mare all'orizzonte e di altro cielo sopra la testa. Passò a volo radente a sfiorare l'alta erba frusciante nel vento e le canne degli acquitrini e risalendo con un braccio tagliò in due la consistenza cremosa di una nuvola. L'uomo provò tutto questo e altro ancora mentre saliva lentamente con un dito a saggiarne l'estremità acuminata. Immediatamente il suo sguardo si spostò sul foglio bianco. Pensando a quante cose avrebbe potuto scrivere con quella piuma ebbe la tentazione di tuffarla nel calamaio e iniziare a tracciare sulla carta il mistero della ricerca della conoscenza e la magia del trasmetterla ad altri.

Senza sapere perché, eppure pensando che lo sapeva benissimo, l'uomo capì tuttavia che quella piuma con leggerezza dall'aria era arrivata e, nello stesso modo, all'aria leggera doveva ritornare. Soffiò sul palmo della mano e la seguì con lo sguardo mentre volteggiava oziosa sulla sua testa. La piuma salì e indugiò contro il soffitto della stanza, nella luce del tardo pomeriggio che arrivava dalle grandi vetrate, come se avesse capito il dono a cui l'uomo aveva rinunciato per concederle quella libertà nella quale stava fluttuando. E, mentre la guardava ritornare nella luce e nel vento che l'attendevano fuori, l'uomo seppe ancora, pur senza capirne il motivo, che doveva seguirla nella stessa luce e nello stesso vento. Il volo della piuma divenne il suo cammino. Uscì di casa lasciando aperta la porta e il fuoco acceso e il foglio bianco e l'ignoranza che quel foglio bianco rappresentava appoggiati e dimenticati sul tavolo dietro di sé. Seguendo la piuma verso la sera, diviso in due a tratti fra l'addio alla luce e la promessa del buio, non aveva occhi che per l'incanto del suo volo impalpabile. Così, attraversò il torrente, incurante dell'acqua fresca che venne a bagnare le sue scarpe di ruvida pelle, e lasciò un brandello della sua camicia di lino appeso a un ramo di rovo e non diede peso a un graffio sul braccio dal quale uscì una sola lucida goccia del suo sangue.

Seguì la piuma come un giuramento e seguì la piuma come un voto e seguì la piuma come una speranza e lei, quasi fosse in possesso di una volontà propria, pareva volteggiare paziente per attenderlo quando il suo passo di uomo lo attardava sul sentiero impervio che saliva alla montagna.

La piuma si infilò fluttuando nella semioscurità di una grotta che si apriva come una ferita rimarginata a fatica sul fianco della montagna. L'Uomo del Foglio Bianco la seguì senza esitare, perché a quel punto non poteva e non voleva fare altro.

Mosse pochi passi incerti all'interno di quell'antro, mentre attendeva che la vista si adattasse alla penombra. Quello che improvvisamente trovò davanti all'incredulità dei suoi occhi spalancati gli fece scordare la sua compagna di viaggio.

Illuminato da un raggio di sole che scendeva dall'alto attraverso un'apertura nella volta della grotta, appoggiato su un sostegno di legno che pareva tanto più prezioso quanto era prezioso quello che sorreggeva, immerso in una luminosità dorata, c'era un paio d'ali, composte da piume bianche uguali a quella che aveva seguito. L'Uomo del Foglio Bianco si ritrovò muto per la meraviglia e per la mistica bellezza di quello che i suoi occhi stavano vedendo ma che la sua mente faticava a credere. Avanzò lentamente, come se fosse timoroso che un qualsiasi brusco movimento, qualsiasi gesto avventato potessero infrangere il cristallo trasparente di quell'attimo e far dissolvere il tutto in una voluta di fumo bianco. Allungò con cautela una mano fino a sfiorare la consistenza irreale delle ali. A quel tocco leggero le piume ebbero un fremito.

In quel momento la piuma che lo aveva guidato fino a lì e che aveva dimenticato per un istante, preso dalla bellezza di quello che aveva scoperto, con un fluttuare malizioso acceso dalla luce che proveniva dall'apertura nella volta, scese a posarsi sulla sua mano. E di colpo l'uomo seppe a cosa serviva la piuma. Tenendola fra il pollice e l'indice della mano destra, l'uomo percorse con la mano sinistra il dorso di una delle ali appese davanti a lui. Senza sapere come e perché, trovò il punto preciso in cui una e una sola piuma mancava. Con gesto sicuro avvicinò quella che teneva fra le dita e la sistemò nel minuscolo alloggiamento vuoto che aveva scoperto fra il tappeto serico delle altre piume.

Ci fu un istante in cui tutto il mondo e tutto il tempo parvero fermarsi con il fiato sospeso e la bocca composta in una «O» di stupore. Poi, con la naturalezza dell'ovvio, le ali non furono più davanti a lui ma su di lui e facevano parte di lui e gli appartenevano come se gli fossero sempre appartenute. Ne sentì di colpo la leggerezza e il peso dietro la schiena e il fruscio solleticante contro la nuca se provava a muoverle. E in un attimo l'enorme caverna divenne un luogo troppo angusto e il cielo che si intravedeva appena una promessa troppo allettante per poter indugiare. Come in un sogno, in pochi passi sospesi, l'uomo arrivò sulla soglia della caverna tagliata in due da una linea di luce e raggiunse uno spuntone di roccia dal quale si dominava tutta la vallata.

L'uomo si ricordò di colpo dei grandi spazi aperti, pensò alla terra vista dall'alto del cielo, così in alto che solo l'occhio del falco può essere tanto acuto da distinguere la preda muoversi sul terreno. Pensò ai grandi fiumi azzurri luccicanti sotto il sole e alle foreste sterminate e alla promessa di infinito del mare all'orizzonte e di altro cielo sopra la testa. Pensò al volo radente fino a sfiorare l'alta erba frusciante al vento e le canne degli acquitrini e alla risalita con un braccio teso per tagliare in due la consistenza cremosa di una nuvola.

Allora l'Uomo del Foglio Bianco aprì le sue ali e volò a raggiungerli, teso in quel vento che ora gli offriva tutte le risposte a cui aveva sempre anelato, perché era stato l'unico a capire quello che nessuno aveva compreso.

Una piuma è fatta per volare.

INDICE

Paolo Fresu nasce ad Asti e frequenta il liceo artistico di Torino e l'Accademia Albertina. Non termina gli studi per dedicarsi alla scenografia teatrale e televisiva. Nel 1981 è lo scenografo dello spettacolo teatrale *Come e perché crollò il colosseo* di Luigi De Filippo.
Nel 1982 è lo scenografo del film *Grunt* con Andy Luotto e Giorgio Faletti e nel 1990 collabora alle scenografie di *Fantastico 90* su Rai Uno.
Nel 1992 realizza il manifesto e la scultura per il premio Astiteatro 14 e nel 1997 è maestro del Palio, dipingendo i due stendardi per il Palio di Asti di quella edizione.
Dopo un periodo di sperimentazione (anni Sessanta-Settanta), in cui sensibile alle tendenze europee del periodo crea figure materico cromatiche, inizia a raffigurare ironicamente la rappresentazione della borghesia e del potere della nostra società.
Utilizzando i materiali più disparati (legni, metalli, stoffe, inserti di giornali, minuterie) unita a una eccellente tecnica pittorica, l'artista ritrae i vari personaggi scavando a fondo nel carattere, nel loro stato e nelle loro funzioni.
Il tutto viene rappresentato su un palcoscenico fantastico, in cui i personaggi, quasi di pirandelliana memoria, «*...interagiscono in un clima di complicità e di doppiezza, di intrigo e finzione, che l'autore rende tuttavia più leggero e ludico sulle ali d'una velata ironia e d'una sorridente sceneggiata metaforica*».

PRINCIPALI MOSTRE

Asti, Palazzo Alfieri (1961)
Torino, Grafica del caffè Ferrero (1967)
Milano, Studio Zero (1976-1978)
Bari, Artefiera (1978)
Milano, Teatro San Babila (1979)
New York, Coliseum (1980)
Portofino, Silver Sea (1983)
Asti, Il Platano (1988)
Asti, Foyer del Teatro Alfieri, Antologica (1992)
Asti, stazione ferroviaria, dipinto per il novecentenario del Comune (1995)
Alessandria, ex convento di S. Francesco, Antologica (2000)
Montemagno, Panem & Circenses Paolo Fresu e Giorgio Faletti (2002)
Sanremo, Teatro Ariston (2006)
Roma, Museo del Burcardo – SIAE (2007)
Macerata, Galleria Blarasin (2007)
Varese, Galleria Ghiggini (2008)
Conzano, Villa Vidua (2009)
Torino, Grafica Manzoni (2009)
Biella, Palazzo Boglietti (2010)
Genova, Notte delle Gallerie, Galleria San Lorenzo al Ducale (2011)

ROMANZI E RACCONTI

Erica Arosio, Giorgio Maimone, *Vertigine*
Martina Liverani, *Manuale di cucina sentimentale*
Michele Lauria, *Un piccolo Dio*
Petra Hůlová, *Trilocale di plastica*
Maria Tarditi, *Pecore matte*
Alberto Custerlina, *All'ombra dell'Impero*
Åke Edwardson, *Stanza numero 10*
Nicky Persico, *Spaghetti Paradiso*
Hélène Battaglia, *Una promessa di felicità*
Fulvio Abbate, *Intanto anche dicembre è passato*
Caterina Cavina, *Le ciccione lo fanno sempre meglio*
Evgenija Ginzburg, *Viaggio nella vertigine*
Eduardo Rebulla, *Le conseguenze estreme*
Roberto Mandracchia, *Vita, morte e miracoli*
Noémi Szécsi, *La vampira snob*
Barbara Buoso, *L'ordine innaturale degli elementi*
Tommaso Pellizzari, *Movimento per la disperazione*
Jonathan Ames, *Non sei mai stato qui*
Francesco Consiglio, *Le molecole affettuose del lecca lecca*
Claudio Fava, Michele Gambino, *Prima che la notte*
Roberta Torre, *Il colore è una variabile dell'infinito*
Michele Santeramo, *La rivincita*
Luca Ragagnin, *Marmo rosso*
Mauro Berruto, *Independiente Sporting*

Gaia Giordani, *Sei proprio una scema*
e.e. cummings, *La stanza enorme*
Francesca Reggiani, *L'angelo nelle nove*
Monica Zapelli, *Il cielo a metà*
Corrado Fortuna, *Un giorno sarai un posto bellissimo* (2ª ediz.)
Davy Rothbart, *Il cuore è idiota*
Fabio Geda, *Nel mare ci sono i coccodrilli*
Alberto Manzi, *E venne il sabato*
Alberto Schiavone, *Nessuna carezza*
Francesca Ramos, *Diciotto ossa rotte*
Simonetta Sciandivasci, *La domenica lasciami sola*
Antonio Pennacchi, *Camerata Neandertal*
John Dos Passos, *Manhattan Transfer*
Eduardo González Viaña, *La ballata di Dante*
Francesca Romana Capone, *Più di quel che avanza*
Ken Saro-Wiwa, *Sozaboy*
Emma Dante, *Le principesse di Emma*
Francesco Mandelli, *Osnangeles*
Alessandro Valenti, *In grazia di Dio*
Sindiwe Magona, *Da madre a madre*
Giorgio Specioso, *Dinosauri*
Alessandra Selmi, *La terza (e ultima) vita di Aiace Pardon*
Massimiliano Santarossa, *Metropoli*
Fabio Viola, *I dirimpettai*
Edward Abbey, *Desert solitaire.*
Una stagione fra la natura selvaggia
Francesca Marzia Esposito, *La forma minima della felicità*
Mazarine Pingeot, *Le invasioni quotidiane*
Giorgio Faletti, *La piuma*

Stampato nel giugno 2015
per conto di Baldini&Castoldi s.r.l.
da Grafica Veneta S.p.A. - Trebaseleghe (PD)